हिन्द पॉकेट बुक्स

बस्ते में विज्ञान

आओ, बच्चो, पढ़ते हैं हम बस्ते में विज्ञान की कहानी। रबर, पेंसिल, कागज़, स्लेट, पेन, चाक को जानें। कार्बन, बाल पाइंट, कलर, स्याही, ज्योमेट्री को पहचानें। चलो-चलो, इनके जन्म को जानो और बनो ज्ञानी।

आखिर आप बच्चे हैं या हैं किशोर, हमेशा डालते हैं दिमाग पर जोर। इतनी सारी चीजें बस्ते में। खूब-खूब आती काम, लेकिन कैसे बनती हैं ये? क्या है इनका विज्ञान? किनसे बनतीं, कैसे बनतीं, कैसी होती है मशीन! भरलो झोली ज्ञान की, कथा सुनो बस्ते में विज्ञान की।

बच्चों और किशोरों के लिए ज्ञान-विज्ञान की सचित्र पुस्तकों की सीरीज़ पढ़ते रहिए।

सुरुचिपूर्ण एवं प्रेरणादायक ज्ञान-विज्ञान साहित्य

बस्ते में विज्ञान

कुलदीप शर्मा

हिन्द पॉकेट बुक्स
पेंगुइन रैंडम हाउस इम्प्रिंट

हिन्द पॉकेट बुक्स

यूएसए | कनाडा | यूके | आयरलैंड | ऑस्ट्रेलिया | सिंगापुर
न्यू ज़ीलैंड | भारत | दक्षिण अफ़्रीका | चीन

हिन्द पॉकेट बुक्स, पेंगुइन रैंडम हाउस ग्रुप ऑफ़ कम्पनीज़ का हिस्सा है,
जिसका पता global.penguinrandomhouse.com पर मिलेगा

पेंगुइन रैंडम हाउस इंडिया प्रा. लि.,
चौथी मंजिल, कैपिटल टावर -1, एम जी रोड,
गुड़गांव 122 002, हरियाणा, भारत

पेंगुइन
रैंडम हाउस
इंडिया

प्रथम संस्करण हिन्द पॉकेट बुक्स द्वारा 2012 में प्रकाशित
यह संस्करण हिन्द पॉकेट बुक्स में पेंगुइन रैंडम हाउस द्वारा 2022 में प्रकाशित

10 9 8 7 6 5 4 3 2

इस पुस्तक में व्यक्त विचार लेखक के अपने हैं, जिनका यथासंभव तथ्यात्मक सत्यापन किया गया है, और इस संबंध में प्रकाशक एवं सहयोगी प्रकाशक किसी भी रूप में उत्तरदायी नहीं हैं।

ISBN 9789353491550

मुद्रकः रेप्रो इंडिया लिमिटेड

www.penguin.co.in

MIX
Paper from responsible sources
FSC www.fsc.org FSC® C047271

This is a legitimate digitally printed version of the book and therefore might not have certain extra finishing on the cover.

क्रम

बस्ते की बात

यह पुस्तक आपके बस्ते में बंद कागज़, रबर, पेंसिल, पेन, रंग व चाक आदि का उपयोग कब व कैसे शुरू हुआ, के बारे में बताती है और ये कैसे बनाई जाती है, इनकी वैज्ञानिक विधियां दी गई हैं।

ये वस्तुएं छात्र जीवन में हमेशा उपयोग में आती रहती हैं। इनके बिना हम किसी भी कार्य को नहीं कर सकते। चाहे वह होमवर्क हो या क्लास वर्क। ये शिक्षा के उपकरण हैं, जिनकी सहायता से हम अच्छे अंको में पास होने के लिए अपने को मज़बूत बनाते हैं।

बस्ते में विज्ञान

तुम्हारी पेंसिल

चित्र बनाने के लिए या फिर लिखने के लिए तुम लोगों को लेड पेंसिल की जरूरत पड़ती है और मास्टर जी की वह मजेदार आदत तो तुम्हें पता ही होगी-वही कान के ऊपर पेंसिल लगाने वाली। और फिर सबसे पूछना कि "बच्चों, तुमने मेरी पेंसिल देखी है क्या ?"

तुम्हारे पास गहरी काली, हलकी काली, खुशबूदार, रंग-बिरंगी खूबसूरत-सी पेंसिलें होंगी, पर क्या तुम जानते हो कि तुम्हारी यह लेड पेंसिल बनती कैसे है ?

पेंसिल बनाने के लिए दो चीजें जरूरी हैं– एक तो लकड़ी और दूसरा ग्रेफ़ाइट यानी जिसे तुम सिक्का या सुरमा भी कहते हो।

बालिका की मां उसको पेंसिल से लिखना सिखाती है

पेंसिल की लकड़ी का मुलायम होना जरूरी है, साथ ही उसके रेशे सीधे और साफ भी होने चाहिए। इससे जब पेंसिल छीली या तराशी जाएगी, तो उसमें अधिक मेहनत नहीं करनी पड़ेगी और न ही वह फटेगी। इसके लिए पूर्वी अफ्रीका की सेडार नामक लकड़ी सबसे अच्छी मानी जाती है। असल में यह लकड़ी प्राकृतिक रूप से बेहद मुलायम तथा लाल रंग लिए होती है।

विदेशों में ज्यादातर पेंसिल बनाने के लिए इसी लकड़ी का प्रयोग किया जाता है। अपने देश में देवदार वृक्ष की लकड़ी पेंसिल बनाने के लिए सबसे अच्छी मानी जाती है। इसके अलावा कैल, चन्दन, और आम की लकड़ी भी प्रयोग में लाई जाती है।

पेड़ से प्राप्त लकड़ी को पहले तख्तों के रूप में काट लिया जाता है और फिर मुलायम तथा रेशे साफ करने के लिए लकड़ी को रासायनिक पदार्थों के घोल में कुछ समय के लिए डाल दिया जाता है। बाद में इस लकड़ी को सुखा लिया जाता है। लकड़ी की इस अवस्था को 'ट्रीटेड वुड', यानी उपचारित लकड़ी कहते हैं। लकड़ी को और सुन्दर बनाने के लिए प्राकृतिक रेग जैसी सुर्ख रंग दिया जाता है।

इसके अलावा दूसरा आवश्यक पदार्थ है ग्रेफ़ाइट या लेड। इसे पृथ्वी से निकाला जाता है। यों तो लेड श्रीलंका का सबसे अच्छा माना जाता है, पर अपना देश लेड भी किन्हीं अर्थों में कम नहीं है।

हमारे देश में कर्नाटक, कश्मीर, जम्मू और बिहार में लेड की प्रमुख खाने हैं। इन खानों से सख्त और मुलायम दोनों ही प्रकार की लेड प्राप्त होता है। तुम लोगों ने पेंसिल के ऊपर एच. बी., टू एच., थ्री एच. वगैरह लिखे देखे होंगे। लेड के कड़ेपन के आधार पर ही यह नाम लिखा जाता है। एच. बी. (हार्ड ब्राइट) यानी चमकदार सख्त, एच. एच. (हार्ड-हार्ड) यानी दुगुनी सख्त, थ्री एच. यानी तीन गुनी सख्त। इस तरह आठ एच. तक की गिनती लेड की क्रमशः अधिक सख्ती के आधार पर दी जाती है।

ग्रेफ़ाइट यानी लेड को कृत्रिम रूप से तरह-तरह के पदार्थ मिलाकर सख्त और मुलायम किया जाता है। जैसे एच. बी. में शुद्ध ग्रेफ़ाइट पांच भाग, चाइना क्ले (मिट्टी) चार भाग, सुहागा एक भाग तथा जरूरत और सान्द्रता, यानी गाढ़ेपन के आधार पर गोंद मिलाया जाता है, जबकि टू एच., यानी दुगनी सख्त के लिए ग्रेफ़ाइट पांच भाग, मिट्टी दो भाग, सुहागा डेढ़ भाग और एक भाग कार्बन और गोंद मिलाया जाता है। इसी तरह यह अनुपात, बढ़ती हुई सख्ती के साथ बदलता रहता है।

अब प्रश्न यह है कि यह सब पदार्थ आपस में मिलते कैसे हैं? इसके लिए सबसे पहले एक बड़ी नांद में गोंद का पतला घोल तैयार किया जाता है और फिर इसमें शेष पदार्थ डाल दिए जाते हैं। अब सारे मिश्रण को खूब गूंथा जाता है– ठीक वैसे ही जैसे आटा गूंथा जाता है। अब इस गूंथे

मिश्रण को एक ऐसी मशीन में डाला जाता है, जिसमें दबाव के साथ निचले भाग से इस मिश्रण की लम्बी-लम्बी बत्तियां निकलती जाती हैं।

इन बत्तियों को तुरंत सावधानी के साथ धूप में रखकर सुखा लिया जाता है। सूखने पर इन्हें लोहे की पतली नलियों में डाल दिया जाता है। साथ ही बत्ती और नलियों के बीच के स्थान में ग्रेफ़ाइट का थोड़ा सा चूरा और कुछ स्पिरिट भी डाल दी जाती है, ताकि चूरा गीला न रहे। अब लोहे की नली को दोनों ओर से ढक्कन या फिर मिट्टी से बंद कर देते हैं।

अब इन बंद नलियों को तेज गर्म भट्टी में रखकर गर्म करते हैं। जब वे सुर्ख हो जाते हैं, तब उनको निकालते हैं। ठंडा होने पर नली से लेड मिश्रण निकाल लिया जाता है। इसके बाद गर्म मोम-द्रव में उन्हें डाल दिया जाता है, ताकि सभी पदार्थ अच्छी तरह मिलकर आपस में चिपक सकें। इसके बाद मोम लगे लेड को गर्म पानी में डाल दिया जाता है।

कापिंग पेंसिलों के लिए लेड बनाने का अलग अनुपात होता है। इसके लिए तीन भाग मैथाइल वायलेट (जो जामुनी रंग देता है), दो भाग ग्रेफ़ाइट और गोंद या फिर दूसरी विधि है, आठ भाग मैथालेट, चार भाग ग्रेफ़ाइट, दो भाग चाइना क्ले (मिट्टी) और आवश्यकतानुसार सोडा सिलिकेट का मिश्रण।

पेंसिल बनाने के लिए सामान तैयार करना तो तुम जान गए हो। अब प्रश्न है दनसे पेंसिल बनेगी कैसे? इसके लिए सबसे तैयार की गई लकड़ी के मशीन द्वारा ऐसे टुकड़े कटवाए जाते है, जिनके बीच आधी नाली यानी गड्ढा होता है। छोटे कारखानों में ये लकड़ी के टुकड़े आरी द्वारा निश्चित आकार के काट लिए जाते हैं और फिर एक विशेष दांतेदार रंदे से इनमें नालिया बना ली जाती हैं।

इस तरह से प्राप्त नालीदार तख्ती पर पहले गोंद अथवा अन्य चिपकने वाली वस्तु का हलका लेपन कर दिया जाता है और फिर प्रत्येक नली में एक लेड की बत्ती रख दी जाती है। इसके बाद दूसरे नालीदार टुकड़े पर ब्रश द्वारा सरेस लगा दोनों को चिपका दिया जाता है और फिर चौबीस घंटे के लिए सूखने रख दिया जाता है।

तुम लोगों ने बाज़ार में एक और पेंसिल मिलती देखी होगी। बेचने वाला इसे 'जादू की पेंसिल' या न टूटने वाली कहकर बेचता है।

असल में यह पेंसिल कई साल तक चलती है। जानते हो क्या है इसमें? असल में यह पूरी की पूरी पेंसिल ही लेड की बनी होती है।

यानी इसके ऊपर लकड़ी का आवरण नहीं होता है। इसीलिए इसमें छीलने का भी झंझट नहीं है। बस, लिखते ही जाओ।

इस पेंसिल को लेड की मोटी बत्ती बनाकर सांचों में सुखाया जाता है। लेड के सूखे जाने पर बस उसके ऊपर नाम लिखने के लिए वार्निश कर दी जाती है।

अब तो तुम अपनी पेंसिल के जन्म की कहानी जान गए हो। कितनी कठिनाई से बनती है यह। अब तुम इसे ज्यादा संभाल कर रखना, बार-बार तराश-तराश कर उसकी उम्र कम मत करना।

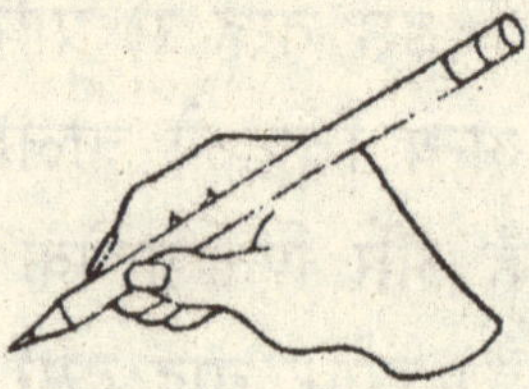

तुम्हारी स्लेट

कच्चा काम करने या फिर इमली लिखने के लिए बच्चे स्लेट का प्रयोग करते हैं। चाहे वह पत्थर की हो, चाहे टीन की या फिर गत्ते की। स्लेट को देख-कर हमको तो वह जमाना याद आता है, जब मनुष्य पत्थर पर लिखता था। तुम्हारे बस्ते में रखी स्लेट भला कैसे बनती है, आओ जानें।

पहले समझो कि पत्थर की स्लेट कैसे तैयार की जाती है। अपने देश में स्लेट-पत्थर की बहुत-सी खानें हैं। खासकर राजस्थान में अलवर, उत्तर प्रदेश में गढ़वाल क्षेत्र, पंजाब में गुरदासपुर आदि क्षेत्रों में ऐसी बहुत-सी खानें है। इन खानों से ही खुदाई करके यह स्लेट-पत्थर प्राप्त किया जाता है। शुरू में इसकी पत्थर पर बड़ी-बड़ी पर्तें जमी रहती हैं। कारीगर लोग दो परतों के बीच छैनी रखकर हथौड़े से चोट करते

हैं, जिससे पूरी परत अलग हो जाती है और फिर एक परत दूसरी परत से अलग होती चली जाती है।

अलग हुई इन परतों को अब एक बड़े समतल पत्थर पर रखकर रगड़ा जाता है। पत्थर रगड़ते समय ध्यान रखा जाता है कि उसमें गड्ढे अथवा उभार न रह जाएं। फिर हर दृष्टि से जांच करने के बाद साफ-सुथरा स्लेट तैयार कर लिया जाता है। अब इस तरह समतल किए गए पत्थर को आरी से काट-काटकर निश्चित आकार का बना लिया जाता है। पर यह खाली पत्थर तो अच्छा नहीं लगेगा। इसके लिए लकड़ी अथवा टीन का चौखटा तैयार करके स्लेट फिट कर दी जाती है। कुछ कारखानों में विभिन्न पदार्थों के मिश्रण से नकली पत्थर भी तैयार किया जाता है। इसके लिए सौ भाग सीमेंट, तीस भाग बारीक रेत, बीस भाग प्लास्टर आफ पेरिस, चार भाग कार्बन ब्लैक का मिश्रण पानी में मिलाकर गूंथ लिया जाता है। अब इस प्रकार गूंथे मिश्रण को निश्चित आकार की, एक सेंटीमीटर मोटी तह बना ली जाती है। इस प्रकार ऊपर से दबाव देने के लिए कोई भी समतल पत्थर अथवा दूसरी भारी वस्तु रख देते हैं। साथ ही इस बात का ख्याल रखा जाता है कि दबा हुआ मिश्रण पूरी तरह से पानी में डूबा रहे। इससे मिश्रण जल्दी मजबूत होता है और साथ ही उसके चटकने की गुंजाइश भी नहीं रहती।

लगभग 48 घंटे बाद यह मिश्रण जमकर पत्थर हो जाता है। तब इसे निकालकर जांचा जाता है कि कहीं ऊंचा-नीचा

बालिका अपनी स्लेट पर लिखती हुई

तो नहीं है। ऊंचा-नीचा होने पर उसे समतल किया जाता है। इसके लिए करदम पत्थर की बनी सिल्ली को तैयार पत्थर पर घिसा जाता है। समतल हो जाने के बाद उस पर पैराफिन मोम लगाया जाता है। इसके लिए मोम को पिघलाकर स्लेट पर उसकी परत बिछा दी जाती है। इसके बाद कपड़े से रगड़कर साफ कर दिया जाता है। ऐसा करने से स्लेट में चमक आ जाती है।

पत्थर के अलावा टीन की भी स्लेट बनाई जाती है। इसके लिए एक खास किस्म की टीन आती है। इस काली टीन के लिए निश्चत आकार के टुकड़े काट लिए जाते है, फिर इन टुकड़ों को एक भट्टी में डालकर खूब गर्म किया जाता है। सुर्ख हो जाने पर उसे तेजाब मिले पानी के टब में डाल दिया जाता है। ऐसा करने से टिन के ऊपर जमी गंदगी तथा जंग साफ हो जाता है। इसके बाद टिन को निकालकर उस पर साधारण रेत रगड़ी जाती है। इस तरह टिन बिल्कुल साफ़ निकल आती है। अब इस पर स्लेट-मसाला चढ़ाना बाकी रह जाता है।

स्लेट मसाले के लिए एक भाग सोडा सिलिकेट, एक भाग पोटाश, सात भाग स्लेट पत्थर का चूरा, एक भाग कालिख और चार भाग पानी की जरूरत होती है। इसके लिए पोटाश और सिलिकेट को कूटकर पानी मिलाकर तेज आग पर लगभग दो घंटे गरम किया जाता है। इस मिश्रण में स्लेट पत्थर का चूरा और पानी मिलाकर अच्छी तरह गूंथ लिया जाता है, फिर

इसमें काजल मिलाकर भलीभांति कूट लिया जाता है। इस तैयार मिश्रण में सिलिकेट वाला विलयन मिलाकर एक पेस्ट तैयार कर लिया जाता है। यही वो पेस्ट है जो ब्रश अथवा स्प्रे से टिन पर चढ़ाना है। रंग अच्छी तरह चढ़ जाने के बाद उन टुकड़ों को नमक मिले पानी से धोकर सुखा लिया जाता है। टिन की स्लेट तैयार है। कुछ स्लेटों में आधे भाग में लोहे के तार डाल उनमें रंग-बिरंगे मोती डाल दिए जाते हैं। इससे बच्चे गिनती सीख सकते हैं।

इसके अलावा बाज़ार में 'मैजिक स्लेट', यानी जादुई स्लेट भी मिलती है। इसके ऊपर किसी भी नुकीली चीज से लिखने पर शब्द उभर आते है। ठीक स्याही से लिखे जैसे और फिर आराम से मिटाए भी जा सकते है जैसे कि कुछ लिखा ही न हो। असल में इसमें जादू कुछ भी नहीं है। एक मोटे गत्ते के ऊपर कार्बन की मोटी तह बिछी रहती है। इसके ऊपर उसी नाप का रबर प्लास्टिक और गत्ते के बीच एक लोहे या किसी दूसरी धातु की सलाई डाल दी जाती है। अब ज्यों ही तुम रबर प्लास्टिक के ऊपर कुछ लिखोगे, वैसे ही रबर प्लास्टिक पर दबाव पड़ेगा और वह कार्बन को स्पर्श करेगा, जिससे उसके ऊपर काले अक्षर उभर आएंगे। अब जैसे ही सलाई एक सिरे से दूसरे सिरे तक चलेगी कार्बन से प्लास्टिक का संबंध टूट जाएगा, और शब्द साफ हो जाएंगे।

इस तरह तुम्हारे लिखने कि लिए यह स्लेटें तैयार की जाती हैं। अगर तुम्हारी स्लेट पत्थर की है, तो ध्यान रखना कि कहीं

टूट न जाए। टीन की स्लेट में भी अगर किसी नुकीली चीज से निशान लग जाए तो खराब हो जाती है। लिखने से पहले स्लेट को पानी से जरूर साफ कर लेना चाहिए।

पेन और बाल पाइंट

कागज़ पर लिखने के लिए लोग पेन और बाल पाइंट का प्रयोग करते है। जब कोई सुन्दर सा पेन हमें उपहार में मिलता है तो कितनी खुशी होती है। जरा देर को पेन दिखाई न दे या खो जाए तो कितनी चिंता हो जाती है। पढ़ने-लिखने वालों के लिए तो पेन मानों उनके शरीर का एक अंग है।

पेन तथा बाल पाइंट पेन के बाहरी आकार को प्लास्टिक, लोहे, पीतल, लाख और सुगंधित लकड़ी, जैसे चंदन आदि द्वारा बनाया जाता है।

जहां तक प्लास्टिक के पेन बनाने का सवाल है, यह 'सेलूलोज एसीटेट' नामक प्लास्टिक अथवा पोलीस्टिरीन नामक मोल्डिंग पाउडर से मशीन द्वारा तैयार किया जाता है। इसके लिए मशीन लगे 'हीटिंग सिलेंडर' में प्लास्टिक डालकर उसे

बालक पेन से अपनी पुस्तक में लिखता है।

विशेष ताप पर पिघलाया जाता है और फिर मशीन में लगे लीवर को दबाया जाता है। इससे इसके साथ लगा पिस्टन पानी जैसे पिघले प्लास्टिक को नीचे लगे सांचों में उंडेल देता है। तरह-तरह के खूबसूरत सांचों में पिघला प्लास्टिक जम जाने के बाद हू-ब-हू वही आकार ले लेता है। सूख जाने के बाद सांचे से पेन का आकार, यानी बाडी उतार ली जाती है। इसी प्रकार धातु तथा लाख के पेन भी बनाए जाते हैं।

खूबसूरती के लिए उन पर चित्रकारी भी कर दी जाती है। लकड़ी के पेन को लकड़ी तराशकर बनाया जाता है।

निब वाले पेन में स्याही भरने के लिए रबर की नली लगी होती है या फिर टंकी से निब का भाग सीधा ही जुड़ा होता है। धातु की बनी निब के मध्य एक छिद्र होता है। यहीं से निब दो भागों में बंटा रहता है, जो ऊपर एक घुंडीनुमा आकार से सटे रहते हैं। यह निब लकड़ी या फिर प्लास्टिक की एक 'जीभ' जैसे आकार के भाग से लगा रहता है। इस जीभ के जिस ओर निब लगता है उस तरफ एक छेद होता है तथा पूरे भाग पर नालियां बनी होती है जो निब तक स्याही पहुंचाने में सहायक हैं। स्याही भरने वाली रबऱ इसी भाग से जुड़कर वायु दाब से चूषक द्वारा स्याही खींचती है और लिखते समय निब को स्याही देती है। इसके लिए पेन के बाहर की ओर एक लीवर होता है, जिसे खींचने से रबर दब जाता है और छोड़ने पर स्याही भर जाती है। टंकी वाले पेन में स्याही ड्रॉपर द्वारा भरी जाती है। पेन बंद करने वाले ढक्कन के बाहर भी

एक छेद रहता है, जो वायु के आने जाने के काम आता है। इससे स्याही निब से बाहर नहीं आ पाती।

बाल पाइंट पेन की बनावट कुछ भिन्न होती है। बाल पाइंट पेन में ऊपर सिरे पर अक्सर एक ऐसा उभार या बटन होता है, जिसे एक बार दबाने पर रीफ़िल बाहर निकल आती है और दूसरी बार दबाने पर वह अन्दर चली जाती है। ऐसा दो खांचों, यानी नालीनुमा आकार के लीवर द्वारा होता है, जो नीचे से स्प्रिंग द्वारा फेंके गए दबाव से चलता है। इसके अलावा कुछ बाल पेन दो रीफ़िल वाले भी होते हैं। इसका लीवर एक बार एक रीफ़िल पर पड़ता है। इससे बारी-बारी से दोनों रंग की रीफ़िल बाहर निकलती हैं।

बाल पाइंट पेन की स्याही विशेष रूप से तैयार की जाती है। इसके लिए एक 'मिक्सिंग मशीन' का प्रयोग किया जाता है, जिसमें कि गर्म पानी का जैकेट लगाया जाता है। सबसे पहले मशीन में कोई 10 भाग वनस्पति तेल जैसे अरंडी का तेल आदि, को गर्म किया जाता है। साथ ही इसमें ऊंचे ताप पर 2 भाग एल्यूमीनियम स्टीयरेट घोल मिला दिया जाता है। अब 8 भाग मनचाहे रंग-चमक डालकर स्याही तैयार की जाती है। इसे अंत में छन्नक द्वारा छान लिया जाता है। इसके अलावा कुछ कारखानों में 10 भाग ग्लीसरीन, 6 भाग मिथाइल वायलेट तथा शेष मनचाहे रंग का भी मिश्रण बनाकर स्याही तैयार की जाती है।

अब प्रश्न है कि रीफ़िल में स्याही भरी कैसे जाती है? इसके

लिए विशेष प्रकार की स्वचालित दाब मशीन का प्रयोग किया जाता है। इस मशीन में स्याही भरकर दबाव द्वारा रीफ़िल में स्याही पहुंचाई जाती है। चूकिं रीफ़िल काफी संकरी होती है और साथ ही रीफ़िल में भरी स्याही पर वायु का दबाव भी पड़ता है, इसी कारण वह रीफ़िल से नहीं निकल पाती।

तो इस तरह ये पेन तुम तक पहुंचते हैं। पेन की समय-समय पर सफाई भी करते रहना चाहिए। ऐसा करने से तुम्हारा प्यारा पेन लम्बे समय तक तुम्हारा साथ देगा।

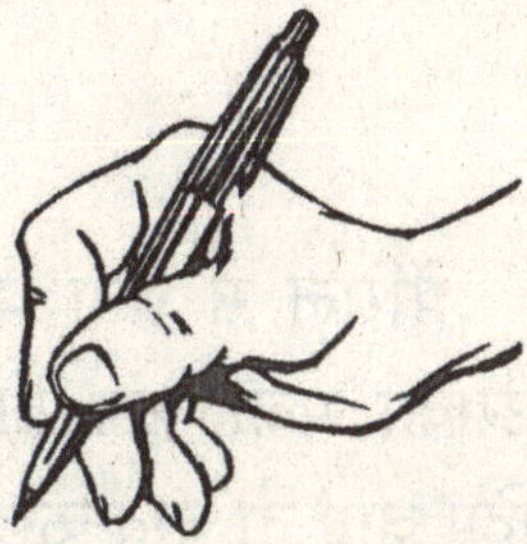

रंगों का डिब्बा

पेंसिल से बना कोई चित्र हो पर उसमें रंग न भरे हों, तो उसका मजा कम हो जाता है। इसी में सुन्दर-सुन्दर रंग भर दिए जाएं तो बात कुछ और ही हो जाती है।

आजकल तरह-तरह की रंगों की पेंसिलें, क्रेयन, ट्यूब आदि मिलती हैं।

प्राचीन काल में प्राकृतिक रंग प्रयोग में लाए जाते थे। इन रंगों को प्राकृतिक रंग इसलिए कहते थे, क्योंकि उन्हें प्राकृतिक स्रोतों से तैयार किया जाता था।

उदाहरण के लिए केसरिया रंग टेसू के फूलों से तैयार किया जाता था। इसके लिए टेसू के फूलों को पानी में उबालकर उसे किसी बारीक कपड़े से छान लेते थे। अब इस गाढ़े घोल को सुखाकर पाउडर के रूप में प्रयोग के लिए रखा जा सकता

एक बालिका अनेक रंगों से सुन्दर चित्र बनाती है

था या फिर तुरंत ही पानी में घोल कर कपड़े रंगने या चित्रों में रंग भरने के लिए प्रयोग में लाया जा सकता था।

इसी प्रकार कपड़ों के लिए इस्तेमाल किए जाने वाले नील को तो नील नामक पौधों से तैयार किया जाता था। इसकी खेती अंग्रेज़ों के शासन काल तक भारत में की जाती रही है।

काले रंग के लिए कार्बन का इस्तेमाल किया जाता था। तुमने देखा ही होगा की घर में तुम्हारी दादी, नानी आदि सरसों के तेल का दिया जलाकर उसके धुएं को किसी चम्मच में इकट्ठा कर लेती है। इस प्रकार वह बच्चों की आंखों में डालने के लिए काजल बनाती हैं। पहले इसी प्रकार किसी कार्बन को जलाकर उसके धुएं को एक जगह पर एकत्र करके उसे तेल में मिलाकर रंग के रूप में इस्तेमाल करते थे, लेकिन समय के साथ-साथ रंगों का प्रयोग बढ़ने लगा तो प्राकृतिक रंग हमारी मांग पूरी न कर सके। इस प्रकार कृत्रिम रंगों का चलन हुआ।

तुम लोग जो पोस्टर कलर (रंग) इस्तेमाल करते हो, वे कृत्रिम रंग ही होते हैं।

पोस्टर रंग बनाने के लिए पहले बेस या आधार बनाया जाता है। इसमें तरह-तरह के रंग-रचक मिलाकर रंग तैयार किया जाता है। यह बेस एक भाग फ़िनोल, डेढ़ भाग सोडियम फ़्लोराइड, एक भाग बेंटोनाइट तथा दो भाग सोडियम केसिनेट

को आपस में भली प्रकार मिला करके तैयार किया जाता है। इस पूरे मिश्रण को एक बर्तन में पानी के साथ घेट लिया जाता है।

अब इस बेस के साथ विभिन्न अनुपातों के दूसरे पदार्थों को लेकर रंग तैयार किया जाता है।

जैसे सफेद रंग के लिए पन्द्रह भाग तो बेस लिया जाता है, उसमें दस भाग लीथोपोन, दो भाग टाइटेनियम डाइआक्साइड, दस से बारह भाग बेराइटिस और एक भाग अल्ट्रपेरीन लेकर 'कोन मिल' मशीन में मिला लिया जाता है, जबकि पीले रंग के लिए अठारह भाग बंस, पन्द्रह भाग प्रिमरोज़ यलो, छह भाग वेराइटिस, पांच भाग एस्बेस्टस लेकर मिला लिया जाता है। हलके पीले के लिए बेस की मात्रा गहरे पीले से कम ली जाती है। इसके अलावा गहरे पीले में कुछ क्रीम यलो रचक भी मिलाया जाता है। काले रंग के लिए बीस भाग बेस या आधार लेकर उसमें दो भाग बेंटोनाइट तथा दस भाग आइवरी ब्लेक को मिलाया जाता है।

इसके अलावा पोस्टर कलर की नई विधि में तीन घोलकों का इस्तेमाल किया जाता है। यह घोलक गोंद, डैकस्ट्रीन विलयन और स्टार्च घोल है।

ये बनते कैसे हैं? गोंद के लिए बबूल आदि से मिलने वाली गोंद को बड़े बर्तन में पानी डालकर कुछ समय के लिए छोड़ दिया जाता है। कुछ समय बाद गोंद फूल कर गाढ़े विलयन

के रूप में आ जाता है। इसको गाढ़ा करने के लिए कुछ भाग फारमल्डीहाइड नामक एक रसायन भी डाल दिया जाता है।

डैक्स्ट्रीन विलयन के लिए 'टेपिओका डैक्स्ट्रीन' पदार्थ को पानी में डाल दिया जाता है, जो कुछ समय बाद विलयन के रूप में आ जाता है। स्टार्च घोल भी ठीक ऐसे ही पानी में तैयार किया जाता है। इसमें फारमल्डीहाइड की थोड़ी मात्रा मिला दी जाती है।

अब मान लो हमें सफेद रंग बनाना है तो तीन भाग डैक्स्ट्रीन घोल, चार भाग गोंद और दो भाग स्टार्च के मिश्रण में लीथोपोन तथा टीटीनोक्स की खास मात्रा मिलाकर मिल-मशीन में पीस लिया जाता है। लुगदी तैयार कर उसमें फारमल्डीहाइड की थोड़ी मात्रा मिला दी जाती है। नारंगी रंग के लिए गोंद, डैक्स्ट्रीन, और स्टार्च का क्रमशः दस भाग और दो भाग का मिश्रण तैयार कर लिया जाता है। अब इसमें उचित मात्रा का बेरादटिस, लीथोपोन और एस्बेस्टस के साथ नारंगी रंग डालकर मिश्रित कर लिया जाता है। इसी तरह पानी के या पोस्टर रंगों के लिए अलग-अलग रंग-रचकों का प्रयोग किया जाता है।

इस प्रकार से तैयार रंगों को प्लास्टिक अथवा कांच की सुन्दर डिब्बियों या शीशियों में भर दिया जाता है। कई बार टीन की छोटी डिब्बियां भी प्रयोग की जाती हैं।

पोस्टर कलर तो बन गए। अब यह आपके ऊपर निर्भर

है कि उनका इस्तेमाल कैसे करेंगे, और कितनी किफ़ायत से उनका इस्तेमाल करेंगे, ताकि वह ज्यादा से ज्यादा चलें।

यह तो आपने जान ही लिया कि कितनी मेहनत से ये तैयार होते हैं। छोटी-सी खूबसूरत रंग वाली शीशी बड़ी लंबी यात्रा तय करके आपके बस्ते तक पहुंच पाती है।

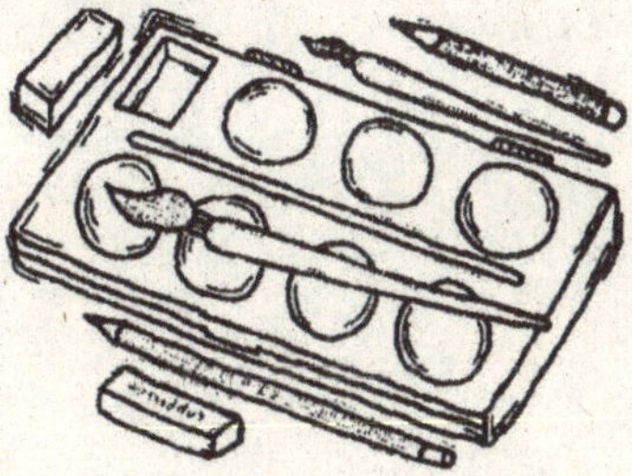

चाक

स्लेट पर या फिर ब्लैक बोर्ड पर लिखने के लिए चाक की मांग होती है। चाक सफेद भी होती है और रंगीन भी।

चाक को आमतौर पर खड़िया से ही बना समझा जाता है, पर यह कई अन्य पदार्थों से भी मिलकर बनती है, प्लास्टर आफ पेरिस, चाइना क्ले, केओलिन आदि।

चाक बनाने के लिए उसके आधार पर बने सांचों का प्रयोग किया जाता है। ये सांचे प्रायः गनमैटल या अल्यूमीनियम के बने होते हैं और दो भागों में बंटे रहते हैं। आधा चाक एक भाग और आधा दूसरे भाग में गहराई में बना होता है। जब दोनों भागों को आपस में मिला देते हैं, तो पूरा सांचा तैयार हो जाता है।

आजकल बड़े कारखानों में वैज्ञानिक रीति से सांचों का

ब्लैक बोर्ड पर चाक का उपयोग

प्रयोग किया जाता है। इसमें साधारण सांचे के समान दो भाग नहीं होते। यह एक ठोस धातु का बना होता है तथा आकार में चोकोर डिब्बेनुमा होता है। इस सांचे में चाक के आकार के गहरे छिद्र बने रहते हैं, यानी ऊपर से मोटे और नीचे की ओर पतले होते जाते हैं। ठीक मूली की तरह। यह नालीनुमा छिद्र सांचे के आरपार होते हैं। पतले छिद्रों वाले भाग के ठीक बराबर एक ढक्कन भी होता है, जिसमें छिद्र के आकार तथा स्थिति के अनुसार बीच-बीच में उभार होते हैं, जो छिद्रों में फिट बैठ जाते हैं।

चाक का मसाला तैयार करने के लिए प्लास्टर आफ पेरिस तथा चाइना क्ले को बराबर-बराबर भाग में लिया जाता है। यही अनुपात खड़िया, चाइना क्ले और केओलिन के साथ भी रहता है। इसके लिए पहले दोनों पदार्थों को भली प्रकार छान लिया जाता है और फिर एक बर्तन में आवश्यकतानुसार पानी लेकर उसमें मिश्रण को डालकर एक गाढ़ी लेई बना ली जाती है।

अब इसको सांचे के छिद्रों में भर दिया जाता है। उससे पहले सांचों में चिकनाई के लिए तेल अवश्य लगा दिया जाता है।

मिश्रण लगभग आधे घंटे में खुश्क हो जाता है। तभी सांचों को खोलकर कच्ची चाकों को निकाल लिया जाता है।

वैज्ञानिक विधि के सांचों में चाक निकालने के लिए उभार

वाले ढक्कन को पतले छिद्रों में फंसाकर दबाव दिया जाता है। दबाव पड़ने पर चाक नीचे चौड़ाई की ओर आसानी के साथ निकल आता है।

इस तरह से प्राप्त चाक अभी गीला होता है। इस चाक को धूप या अन्य प्रकार से गर्मी देकर सुखाया जाता है। सूख जाने पर चाक के भार में भी अंतर आ जाता है और वह हलके हो जाते हैं।

चाक के सूख जाने पर नमूने के तौर पर उसे चलाकर देखा जाता है। यदि चाक लिखने पर कम घिसे और साफ न लिखे तो जान लिया जाता है कि उसमें यह कड़ापन प्लास्टर आफ पेरिस की अधिकता के कारण है और फिर मात्रा कम कर दी जाती है।

कभी-कभी ऐसा भी होता है कि चाक लिखते समय जल्दी-जल्दी टूट जाता है। उसका मतलब है कि चाक मिश्रण के कण आपस में ठीक ढंग से नहीं मिल पाए। इसके लिए प्लास्टर आफ पेरिस में थोड़ा-सा गोंद मिल जाने पर भी चाक पुनः कड़ा हो जाता है। इसलिए गोंद की मात्रा जरूरत के हिसाब से दी जाती है। चाक का नमूने के तौर पर परीक्षण कर लेने के बाद ही ज्यादा तादाद में चाक बनाए जाते हैं।

यह तो रही सफेद चाक की बात। तुम लोगों ने रंगीन चाक या कलर पेंसिल अवश्य देखे तथा प्रयोग किए होंगे।

चाक को विभिन्न रसायनों द्वारा रंगीन किया जाता है।

जैसे काले चाक के लिए बोन ब्लैक, पीले चाक के लिए क्रीम यलोया लेमन यलो, सुर्ख लाल के लिए सिगरफ, सिंदूर और नीले चाक के लिए नील वगैरह का प्रयोग किया जाता है। ये रसायन सफेद चाक के लिए तैयार मिश्रण में ही डाल दिए जाते हैं।

स्लेट पेंसिल यानी बत्ती का प्रयोग स्लेट पर लिखने के लिए किया जाता है। यह स्लेट पेंसिल सफेद तथा रंगीन होती है। साथ ही इनमें कुछ स्लेट पेंसिल मुलायम होती हैं और कुछ सख्त।

मुलायम स्लेट पेंसिल बनाने के लिए एक भाग प्लास्टर आफ पेरिस और आधा भाग सीमेंट लेकर दोनों का मिश्रण पानी के विलयन में तैयार कर एक लुगदी बना ली जाती है, फिर इस लुगदी को एक दबाव मशीन में डाला जाता है जिसके निचले भाग में गोल, चौकोर अथवा षटकोणनुमा छिद्र होते हैं। दबाव पड़ने पर दन छिद्रों से बत्तियां निकलती हैं, जिन्हें बाद में सुखाकर स्लेट पेंसिल तैयार कर ली जाती हैं।

सख्त स्लेट पेंसिल में सीमेंट अथवा संगमरमर की धूल मिला दी जाती है और बत्ती सख्त हो जाती है।

कई कारखानों में साधारण मिट्टी और स्लेट पत्थर द्वारा भी बत्तियां तैयार की जाती हैं। इसके लिए तीन भाग कुम्हार के बर्तन बनाने के काम आने वाली मिट्टी, चार भाग स्लेट-पत्थर का पाउडर, आधा भाग बिना बुझा चूना और एक भाग फायर

क्ले या चीनी मिट्टी का मिश्रण पानी के साथ गूंथकर तैयार कर लिया जाता है और फिर मशीन द्वारा ही बत्तियां तैयार की जाती हैं।

तुमने दर्जी के पास चोकोर चाक देखा होगा, इसे 'टेलर चाक' कहते है। इससे दर्जी कपड़े पर निशान लगाकर कपड़े काटते हैं। यह चाक भी कई रंग का होता है। जैसे नीला, काला, लाल आदि।

टेलर्स चाक बनाने के लिए तीन भाग ऐसा चर्बी वाला साबुन लिया जाता है, जिसमें सिलीकेट व सेलखड़ी कम-से-कम हो। इसके अलावा पांच भाग सफेद चाइना क्ले पच्चीस भाग चपड़ा और चार भाग परशियन ब्लू। इसके लिए पहले साबुन को बारीक काट लिया जाता है।

अब एक बर्तन में सभी पदार्थों को डालकर आग पर चढ़ाया जाता है। गर्मी पाकर साबुन पिघलता है और साथ ही अन्य पदार्थ भी मिलकर पेस्ट या लुगदी बनाते हैं। इसे दबाव मशीन में लगी डाई में भर दिया जाता है। इस तरह डाई के आकार की एक टिक्की तैयार हो जाती है, जिसे निकालकर सुखाने रख दिया जाता है।

दर्जी इस चाक को काला करने के लिए ब्लैक बोन तथा लाल करने के लिए सिगरफ का प्रयोग करते हैं। सब सफेद करना होता है, तब जिंक आक्साइड का प्रयोग किया जाता है।

चाक या बत्ती जल्दी टूट जाती है और घिस जाती हैं। हम परवाह भी नहीं करते, क्योंकि ये सस्ती होती हैं। हम इन्हें बेहद मामूली चीज़ समझते हैं। लेकिन इन मामूली चीज़ों को बनाने के लिए कितनी मेहनत करनी पड़ती है और कितना समय लगता है।

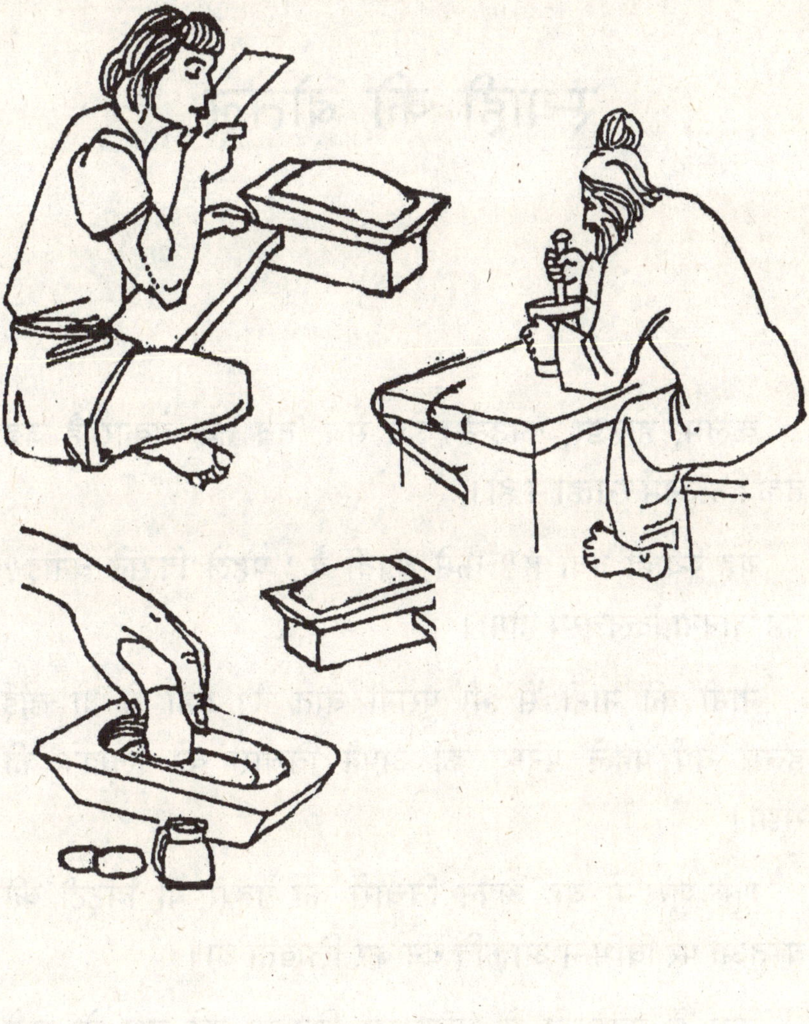

स्याही बनाने के तरीके

स्याही की बोतल

कलम, होल्डर, फाउन्टेन पेन सब, तब तक बेकार है जब तक कि उनमें स्याही न हो।

यह स्याही क्या है? कैसे बनती है? पहले किसने बनाई? यह जानना दिलचस्प होगा।

नानी की नानी से भी पुरानी बात है। ईसा से दो ढाई हजार वर्ष पहले मनुष्य को अपने विचारों को लिखने की सूझी।

शुरू-शुरू में वह अपने विचारों को पत्थर या मिट्टी की वस्तुओं पर विभिन्न आकृति बनाकर लिखता था।

बाद में वनस्पति से रंगीन रस निकाल कर वृक्ष के पत्तों पर लिखने लगा। इन्हीं दिनों अपने पड़ोसी देश चीन में

पहली बार स्याही का आविष्कार किया गया। ये लोग वृक्षों की लकड़ी जलाकर काजल तैयार करते और फिर उसे पानी में घोलकर स्याही बनाते थे।

आजकल इसी प्रकार की स्याही 'प्रेस छपाई' में प्रयुक्त की जाती है। सन् 1748 ईस्वी के आसपास इंग्लैंड के सर विलियम लेविस ने पहली बार ऐसी स्याही तैयार की जो काफी समय तक रहती थी। इसी समय वरजीलियस और वोरगर ने विशिष्ट अनुसंधानों के बाद स्याही बनाने के नए तरीके निकाले, जो आज भी थोड़ी बहुत फेर-बदल कर के अपनाए जा रहे हैं।

आज अपने देश में भी स्याही बनाने के काफी कारखाने लगे हुए हैं। इनमें से दस तो इतने बड़े हैं कि देश-भर की स्याही का 85 प्रतिशत वे ही तैयार करते हैं।

लिखने की स्याही मुख्य रूप में दो प्रकार की होती है। एक तो गेलेट स्याही जो विशेष कागज़ लिखने के काम आती है और दूसरी आम लिखने की स्याही।

गेलेट स्याही विशेष तौर पर टेनिस तथा गैलिक तथा फैरस सल्फेट के मिश्रण को पानी में मिलाकर तैयार की जाती है। साथ ही स्याही के लम्बे समय तक चलने तथा पक्का करने के लिए उसमें पक्के रंग तथा खनिज तेजाब मिला दिए जाते हैं। इस प्रकार की स्याही लगभग आठ साल तक फीकी नहीं पड़ती।

मजे की बात तो यह है कि ज्यों ही यह फीकी पड़ने लगती है, इसे लोहा मिश्रित एक रसायन द्वारा पुनः पढ़ने के काबिल बना दिया जाता है। रंगों से तैयार होने वाली आम स्याही रंगों को डिस्टिल्ड वाटर में मिलाकर बनाई जाती है। साथ ही स्याही को अधिक समय तक रखने के लिए उसमें फेनोल नामक रसायन भी डाला जाता है।

इसके अलावा निब पर स्याही न जमे, इसके लिए थोड़ी ग्लीसरीन मिला दी जाती है।

अलग-अलग रंग की स्याही के अलग-अलग रंग-रसायन प्रयोग किए जाते हैं, जिन्हें रचक कहते हैं। जैसे लाल स्याही के लिए स्कारलेट रेड या इओसिन रेड, हरी स्याही के लिए लिहासामाइन ग्रीन या मैलाकाइट ग्रीन, नीली स्याही के लिए नेप्थाल ब्लू, काली स्याही के लिए नीग्रोसाइन या कोलतार वगैरह।

इसके अलावा और भी रचक, यानी रंग-रसायन होते हैं। ब्लू-ब्लैक स्याही बनाने के लिए 'टेनिन' नामक रचक मुख्य होता है।

नागवुड भी ऐसा ही कए रचक है, जो वेस्ट इण्डीज़ और मध्य अफ्रीका में पाए जाने वाले नागवुड वृक्षों की छाल से तैयार किया जाता है। अपने देश में नील का प्रयोग भी रचक के रूप में किया जाता है।

स्याही को एक अच्छा तथा तरल रूप देने के लिए बबूल

के गोंद या उसी जैसे अन्य गोंद जैसे डैक्स्ट्रीन या चीनी का भी प्रयोग किया जाता है, जो स्याही को तली में नहीं बैठने देते और सभी पदार्थों को बांधे रहते हैं। स्याही में कहीं फफूंद न लग जाए इस आशंका से स्याही में कुछ रसायन जैसे बोरिक एसिड, कार्बोलिक एसिड, क्रियाजोट, लौंग का तेल आदि मिला दिए जाते हैं। बड़े कारखानों में बड़े-बड़े टबों में इन सभी पदार्थों का उचित मिश्रण भर कर स्याही तैयार की जाती है।

स्याही में कोई ठोस वस्तु न रह जाए, इसके लिए उसे छन्नक द्वारा छाना जाता है। अब इस तरल स्याही को तरह-तरह की शीशे की बोतलों में भर दिया जाता है।

एक जमाना था जब स्याही की टिक्की को पानी में घोल कर स्याही बनाई जाती थी। अब तो यह टिकियां बहुत कम देखने में आती हैं। कई बच्चे यह टिकिया या पाउडर यानी स्याही का चूर्ण लाकर स्याही बना लेते हैं।

जहां तक पाउडर का स्याही चूर्ण का सवाल है, उसमें टैनिक एसिड, गैलिक एसिड, स्टार्च, पिसा हुआ गोंद और स्याही के रंग के अनुसार चूरा मिलाकर भली भांति मिला लिया जाता है और फिर प्लास्टिक के कागज़ में लपेट कर पैकेट तैयार कर लिए जाते हैं।

स्याही की टिकिया विशेष मशीन द्वारा तैयार की जाती है। इसके लिए 'डैक्स्ट्रीन' नामक गोंद का मुख्य रूप से प्रयोग

किया जाता है। पहले डैक्स्ट्रीन का बारीक चूरा बना लिया जाता है, फिर उसमें जिस रंग की स्याही बनानी होती है, वैसा ही रचक मिला दिया जाता है तथा थोड़े पानी के साथ गूंथ लिया जाता है।

अब इस गूंथे हुए मिश्रण से पकौड़े जैसे तोड़ लिए जाते हैं। स्याही के इन पकौड़ों को अब धूप में सुखा लिया जाता है। सूख जाने पर उन्हें पीसने की मशीन में बारीक पीस लिया जाता है। इस पीसे हुए चूर्ण पर पानी की हलकी फुहार देकर उसे 'मिक्सिंग ड्रम', यानी मिलाने वाले ड्रमों की सहायता से भली भांति मिला दिया जाता है।

इस प्रकार मिले चूर्ण पर जरूरत के हिसाब से रचक का छिड़काव कर दिया जाता है। इस तरह से प्राप्त हुई लुगदी से अब मशीन द्वारा स्याही की टिकिया तैयार की जाती है।

मशीन के ऊपरी सिरे पर 'हॉपर' होता है जो आटे की चक्की में अनाज डालने वाले भाग जैसा होता है। इस 'हॉपर' में स्याही की लुगदी डाल दी जाती है, फिर मशीन में लगे लोहे के चक्र को घुमाते हैं। इससे दबाव पैदा होता है और मशीन के बीच से स्याही की टिकियां निकलनी शुरू हो जाती हैं, जिन्हें बाद में सुखा लिया जाता है। इन्हें डिब्बों में बंद कर बाज़ार तक पहुंचाया जाता है।

'जादू की स्याही' देखी है कभी? इससे लिखने पर पहले तो कुछ भी दिखाई नहीं देगा, परंतु जरा-सी भी गर्मी देने पर

लिखे हुए अक्षर साफ चमकने लगेंगे। इस स्याही का प्रयोग जासूसी काम में भी किया जाता है। इस जादुई स्याही के लिए विभिन्न रासायनिक विलयनों का प्रयोग किया जाता है जैसे कोबाल्ट क्लोराइड में तनु विलियन, यानी हलके घोल से कागज़ पर लिखने पर यों तो कुछ भी दिखाई न देगा, मगर ज्यों ही कागज़ को गर्म किया जाएगा, अक्षर चमकने लगेंगे।

इसी प्रकार सिल्वर नाइट्रेट, गंधक का तेजाब, कापर नाइट्रेट, सोडियम क्लोराइड, कास्टिक पोटाश और कोबाल्ट एसीटेट तथा शोरे के मिश्रण से कागज़ पर लिखे अक्षर नहीं उभरते, मगर गर्म करते ही वह चमकने लगते हैं और आराम से पढ़े जा सकते हैं।

आमतौर पर तो हम नीली और दिखने वाली स्याही को ही जानते हैं जो कभी-कभी फैल जाती है तो बड़ी परेशानी होती है। बोतल लुढ़क जाए, तो मेज़, कपड़े, मेज़ पर रखी किताबें सब का सत्यानाश हो जाता है।

एक और मुश्किल है। फाउंटेन पेन के साथ स्याही की शीशी को भी उठा कर स्कूल ले जाना होता है, खास कर परीक्षा के समय।

इसी कारण बाल पाइंट का ज्यादा चलन हो रहा है। कुछ देशों में स्याही की कार्टरिज बनने लगी है, यानी स्याही की बत्तियां। एक खत्म हो जाए तो दूसरी बत्ती आसानी से लगाई जा सकती है। न हाथ गंदे होते हैं न स्याही के चूने का डर

रहता है। पर स्याही की ये बत्तियां महंगी होती हैं। इस कारण इनको चलन बहुत ज्यादा नहीं है।

स्याही शब्द 'स्याह' से बना है, यानी काला, लेकिन अब तो रंगबिरंगी स्याहियां बनने लगी हैं।

किताब कैसे छपती है?

बस्ते में सबसे जरूरी और कीमती वस्तु होती हैं किताबें।

किताबें तुम्हारे हाथ में आने से पहले छपने के लिए कई हाथों से गुजरती है। छपने के लिए आई किताब की सामग्री को पहले जांचा जाता है। उसके शब्दों, लाइन, वाक्य आदि को देखकर उनकी गलतियां आदि दूर की जाती हैं और उसे छपने योग्य बनाया जाता है।

किताबें मुख्यतः दो विधियों से छपती हैं। एक तो अक्षर, यानी लेटर प्रेस से और दूसरी है अप्रत्यक्ष, यानी आफसेट।

लेटर प्रेस की छपाई में सामग्री को शब्द-शब्द जोड़कर पूरा किया जाता है। इस क्रिया को कंपोजिंग कहते हैं। कंपोजिंग भी दो प्रकार से की जाती है। एक तो हाथ से, दूसरी मशीन से। हाथ से कंपोज करने में कंपोज़ीटर हाथ से टटोल कर

टाइप यानी शब्दों को लगाते हैं। यह टाइप छोटे-बड़े, सीधे, डिज़ाइनदार, कई प्रकार के होते हैं।

मशीन से होने वाली कंपोजिंग दो प्रकार से होती है। पहली तो एक-एक शब्द ढालकर यानी 'मोनो टाइप'। दूसरी पूरी-की-पूरी पंक्ति ढालकर, यानी 'लाइनो टाइप' कहलाती है।

कंपोज की नई सामग्री को धातु तथा लकड़ी के बने चोकोर चौखटों, यानी 'फ्रेमों' में जड़ दिया जाता है। यहीं कंपोज़ीटर की कुशलता काम आती है। वह शब्दों को जितनी सफ़ाई से सजाकर लगाएगा, किताब भी उतनी ही सुन्दर छपेगी।

अप्रत्यक्ष, यानी आफसेट विधि प्रायः तब अपनाई जाती है, जब कम समय में अधिक प्रतियां छापनी होती हैं। इस विधि में पहले हाथ से किसी सामग्री को टाइप कर लिया जाता है या फिर यदि हाथ से लिखा ज्यों-का-त्यों छापना है, तो उसे भी भली प्रकार सजा लिया जाता है। अब इस तरह से तैयार सामग्री का फोटो ले लिया जाता है, जिसे एक विशेष प्लेट पर छाप लिया जाता है।

यह तो रही सामग्री साजाने की बात। अक्षर विधि से तैयार निगेटिव या पोज़िटिव की गई सामग्री स्वयं छपाई मशीन से छपती है। इस मशीन का प्रमुख भाग एक बड़ा बेलन होता है। इसी के साथ मशीन के दूसरे भाग में कंपोज़ की गई सामग्री का फ्रेम लगा दिया जाता है, जिस पर मनपसंद स्याही लगा दी जाती है। इसी बेलन और स्याही लगे फर्मे

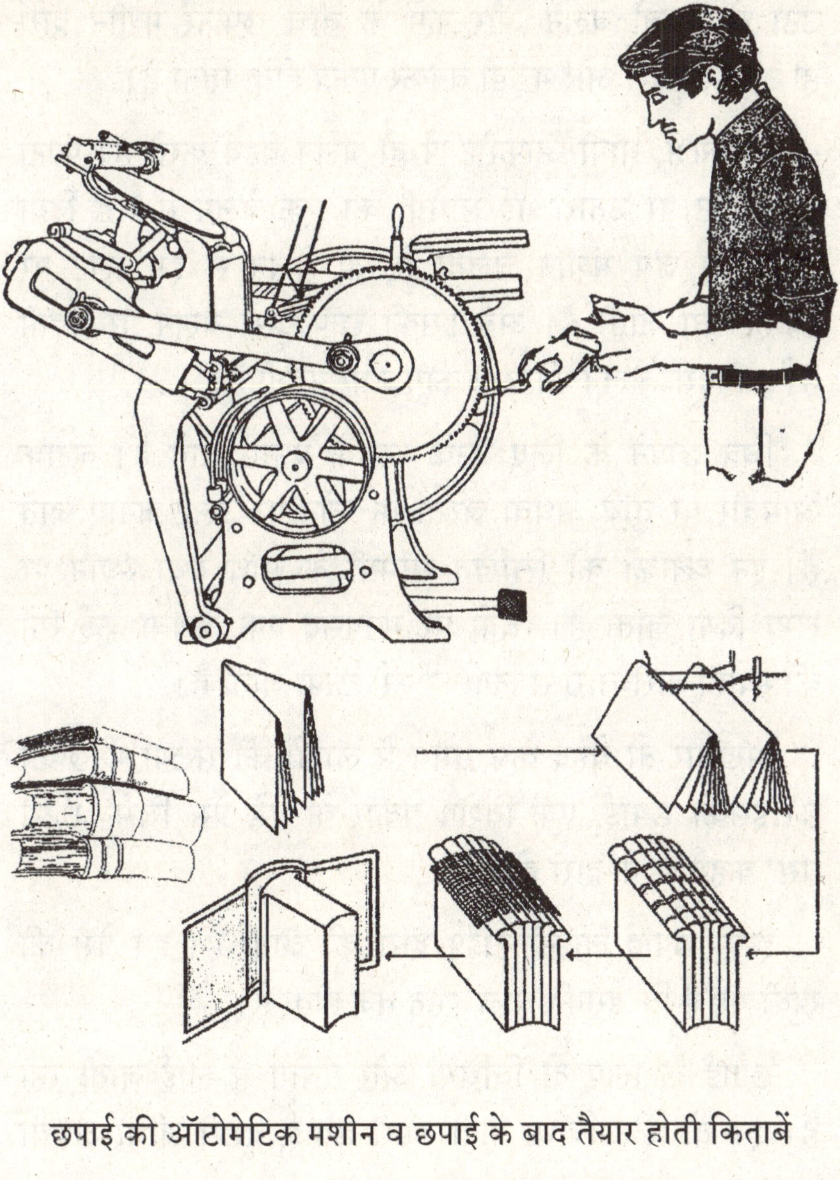

छपाई की ऑटोमेटिक मशीन व छपाई के बाद तैयार होती किताबें

के बीच कागज़ दबता है। मशीन की खूबी यह होती है कि इसमें बनाए गए स्थान पर यदि उचित आकार का कागज़ रख दिया जाए, तो मशीन स्वयं बारी-बारी से एक-एक कागज़ उठा लेगी, जो बेलन और फर्मे के बीच छपकर मशीन द्वारा ही उठकर दूसरी ओर गड्डी बनकर एकत्र होता रहता है।

अप्रत्यक्ष, यानी आफसेट में दो बेलन कार्य करते हैं। फोटो द्वारा प्लेट पर उतारी गई सामग्री को एक बेलन में जड़ दिया जाता है। जब मशीन चलती है, तो बेलन से इस प्लेट पर स्याही लग जाती है। अब इसकी छाप दूसरे बेलन पर पड़ती है। इसी दूसरे बेलन की छाप कागज़ पर पड़ती है।

चित्र छापने के लिए उनके ब्लाक बनाए जाते हैं। ब्लाक आमतौर पर तांबे अथवा जस्ता के प्लेट पर उलटे बनाए जाते हैं। इन ब्लाकों को लिखित सामग्री के साथ यथा स्थान पर लगा दिया जाता है। चित्रों पर मनपसंद एक अथवा कई रंगों की स्याही बारी-बारी से लगाकर उसे छापा जाता है।

अख़बार तो बेहद कम समय में लाखों की संख्या में छपता है। इसकी छपाई, एक विशेष प्रकार के बड़े प्रेस जिसे 'रोटरी प्रेस' कहते हैं, के द्वारा होती है।

इसमें छपाई लाइनो टाइप द्वारा की जाती है। इस प्रेस की खूबी यह है कि इसकी चाल बहुत तेज होती है।

छपाई के लिए दो विधियां और प्रयोग में लाई जाती रही हैं। एक तो प्लेट विधि, यानी उभरी छपाई, दूसरी लीथो अथवा

पत्थर विधि। प्लेट विधि में पहले तांबे या इस्पात धातु के टुकड़े को साफ करके घिस लिया जाता है, फिर उस पर हाथ अथवा मशीन से अक्षर खोद लिए जाते हैं। अब इस प्लेट को मशीन में ठीक प्रकार लगा दिया जाता है और उस पर स्याही लगा दी जाती है।

जब प्लेट के नीचे कागज़ रखा जाता है और उस पर मशीन की दाब पड़ती है, तो कागज़ पर हू-ब-हू अक्षर उतर आते हैं। ठीक वैसे ही, जैसे तुम लोग होली के दिन आलू के ठप्पे बनाते हो। इसी प्रकार लीथो विधि में भी एक साफ-सुथरे पत्थर पर विशेष कागज़ की सहायता से छपने वाली सामग्री उतार ली जाती है। फिर पत्थर को एक मसाले की सहायता से मशीन पर जमा दिया जाता है। बाद में स्याही लगाकार उससे छपाई होती रहती है। इन तरीकों से परिचय कार्ड, निमंत्रण पत्र आदि बखूबी छापे जाते हैं। अब तो कंप्यूटरों से छपाई होने लगी है।

छपाई तो हो गई। अब भला किताब कैसे तैयार होगी? इसके लिए सबसे पहले मुद्रित, यानी छपी हुई सामग्री को विशेष आकार दिया जाता है।

छपे हुए कागज़ की फोल्डिंग यानी मुड़ाई बड़ी सावधानी के साथ की जाती है। इसमें पन्नों को नम्बर के हिसाब से कायदे से लगाना बहुत जरूरी है। सभी पृष्ठों के मुड़ जाने पर कच्ची पुस्तक तैयार कर ली जाती है और फिर किताब को सही रूप देकर उसे सिलाई अथवा पिन द्वारा बांध दिया

जाता है। इधर-उधर बेतरतीब निकले कागज़ों को काट-छांट करके उन्हें ठीक कर दिया जाता है। यह सभी काम मशीनों द्वारा पूरा होता है। बाद में इस पर सुन्दर जिल्द चढ़ा दी जाती है।

लेखक से लेकर जिल्दसाज़ तक इतने लोग इतनी मेहनत करते हैं, तब कहीं यह पुस्तक आप लोगों के हाथों में पहुंचती है।

तुम्हारा कार्बन पेपर

जब कभी एक ही लेख की एक साथ कई प्रतियां लिखने की आवश्यकता होती है, तब कार्बन-पेपर का प्रयोग किया जाता है। इसके लिए प्रत्येक कागज़ के ऊपर कार्बन-पेपर रख दिया जाता है। फिर सबसे ऊपर वाले कागज़ पर दबाव देकर लिखा जाता है, तो कार्बन लगे बाकी कागज़ों पर भी लिखावट आ जाती है। यह कार्बन-पेपर है क्या?

कार्बन-पेपर वासतव में आम टिशू-पेपर, यानी तुम्हारे शब्दों में 'झरझर कागज़' पर चढ़ा एक प्रकार का काला रासायनिक मिश्रण है। यह कार्बन-पेपर प्रायः दो प्रकार का होता है – एक तो टाइप-मशीन का कार्बन और दूसरा पेंसिल-कार्बन।

कार्बन बनाने के कई कारखाने अपने ही देश में हैं। यहां कार्बन-पेपर बिजली से चलने वाली मशीन द्वारा तैयार किए

जाते हैं। टाइप मशीन का कार्बन-पेपर बनाने के लिए दस भाग ओलिक अम्ल, पन्द्रह भाग तेल में घुलनशील मनचाहा रंग, दो भाग डिब्लाइकोल ओलिएट नामक रसायन और तीस भाग पेट्रोलियम रसायन लेकर उसका मोम के साथ मिश्रण तैयार किया जाता है। इस मिश्रण को तैयार करने में यह ध्यान रखा जाता है कि सभी पदार्थ आपस में भली प्रकार मिल कर एक हो जाएं। इसके लिए एक मशीन, 'मिश्रण यन्त्र' का प्रयोग किया जाता है। मिश्रण की यह क्रिया लगभग 80-90 डिग्री सेंटीग्रेट ताप पर की जाती है।

मशीन के एक किनारे पर लगे चौकोर भाग में टिशू-पेपर यानी 'झरझर कागज़' जड़ दिया जाता है। इसके बाद मशीन को लगभग 90 डिग्री सेंटीग्रेड का ताप दिया जाता है और मिश्रण को गोल चरखियों पर जड़े हुए टिशू-पेपर पर परत के बाद परत चढ़ा दिया जाता है। इस अवस्था में मिश्रण न तो जम पाता है और न ही उचित मात्रा में फैल पाता है। इसके लिए मिश्रण चढ़े कागज़ को मशीन में लगी 'चिल्ड रोल', यानी ठंडी चरखी पर चढ़ा दिया जाता है। यहां वह परत ठंडी होकर कागज़ पर भलीभांति बैठ जाती है। अभी यह कागज़ गीला होता है। इसे बाद में सुखा लिया जाता है। सूख जाने पर 'मेन ड्रिल चरखी' जो एक ही आकार के कार्बन काटती है, का प्रयोग किया जाता है। इस पर कार्बन का लम्बा कागज़ लपेट दिया जाता है और फिर मनचाहे आकार के टुकड़े काट लिए जाते हैं।

पेंसिल कार्बन भी इसी प्रकार बनाया जाता है, पर उसमें काम आने वाले रसायन अलग होते हैं। इसके लिए दस भाग कार्बन ब्लैक और चालीस भाग खनिज तेल लेकर दोनों को मिला दिया जाता है। अब इस मिश्रण को एक भाग निग्रोसाइन बेस के साथ मिलाकर उसे औलिक अम्ल में अच्छी तरह घोल लिया जाता है। इस प्रकार तैयार मिश्रण में पेराफिन मोम मिलाया जाता है, फिर कार्बन मशीन को 40 से 50 डिग्री सेंटीग्रेड का ताप देकर सारा मिश्रण उसमें डाल दिया जाता है। बाद में ठण्डी चरखी पर ठण्डा कर, सुखा लिया जाता है। फिर निश्चित आकार के कार्बन-पेपर काट लिए जाते हैं।

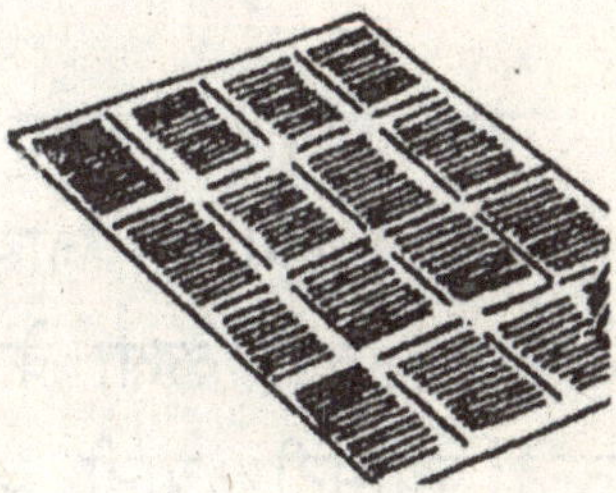

ज्योमेट्री बॉक्स

तुम लोगों में बहुत से बच्चों को गणित से डर लगता है। इस संख्या को जोड़ो, इसे घटाओ, इसका भाग दो, बाप रे बाप! बड़ी कक्षा के बच्चे तो और भी डरते हैं, क्योंकि उन्हें ज्योमेट्री, यानी ज्यामिति पढ़नी पड़ती है, और जिस दिन ज्यामिति बाक्स ले जाना भूल गए बस, शामत ही आई समझिए! ज्यामिति में तरह-तरह के डायग्राम ज्यामिति बाक्स में रखे सामान जैसे परकार, चांदा, सेट-स्क्वायर, डिवाइडर, स्केल आदि की मदद से बनाये जाते हैं।

गोल, चोकोर, त्रिकोणीय तथा सीधी रेखाओं द्वारा आकृति बनाने वाले ये सभी उपकरण धातु या प्लास्टिक से बनाए जाते हैं।

परकार तथा डिवाइडर प्रायः धातु के ही बनते हैं। इन्हें

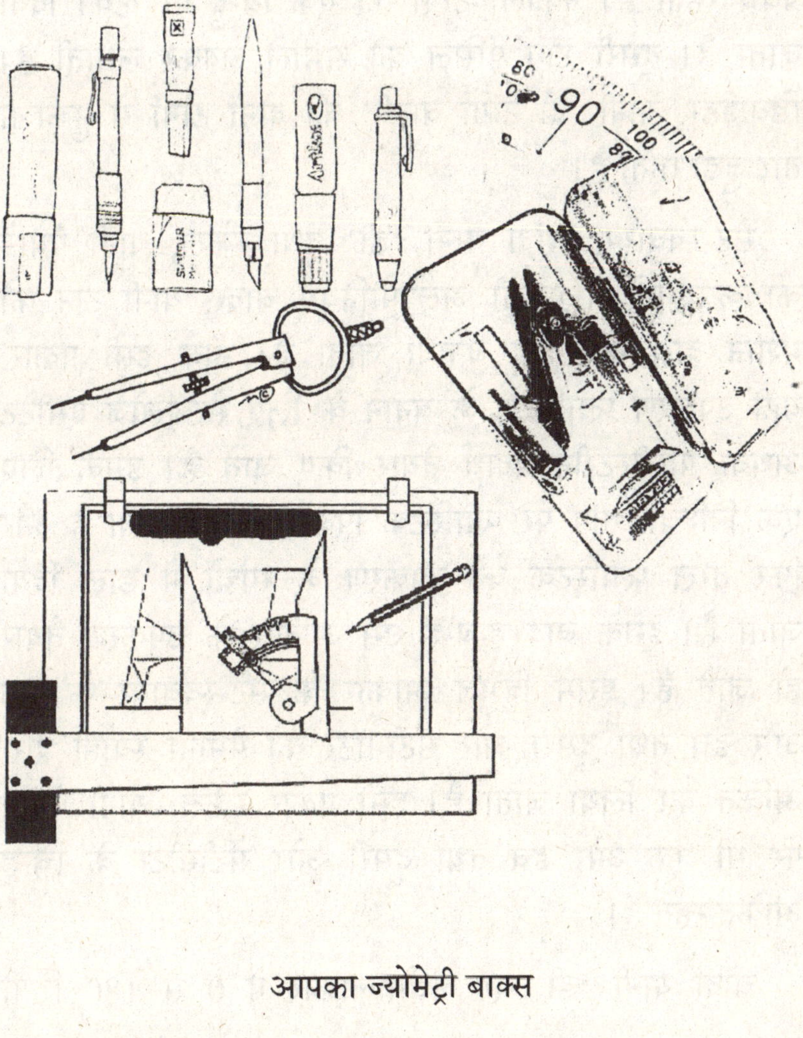

आपका ज्योमेट्री बाक्स

करखानों में धातु के सांचों में या फिर गर्म धातु को विशेष शक्ल में मोड़कर बनाया जाता है।

परकार को लोग 'डेढ़ टांग वाली' भी कहते हैं। इसकी एक टांग के नीचे ठोस लोहे का नुकीला मजबूत तार लगाया जाता है तथा आधी टांग में पेंसिल फंसाने के लिए विशेष प्रबंध रहता है। नुकीली टांगों को एक बिन्दु पर टिका दिया जाता है। दूसरी टांग पेंसिल को संभाले चक्कर लगाती है। डिवाइडर, यानी 'दो टांगों वाली' की दोनों टांगों से नुकीला तार जुड़ा रहता है।

सेट-स्क्वायर, चांदा यानी 'डी' तथा स्केल, यानी पैमाने को कारखानों में पतली अल्यूमीनियम चादर, यानी टीन को मशीन द्वारा काट का बनाया जाता है। ठीक इसी प्रकार, यही उपकरण प्लास्टिक के बनाने के लिए सेल्यूलोज एसीटेट अथवा पोलीस्टरीन पदार्थ तैयार किए जाते हैं। इसके लिए एक निश्चित ताप पर प्लास्टिक पिघला लिया जाता है और फिर तरल प्लास्टिक को उपकरण के सांचों में डाल दिया जाता है। इसके बाद हू-ब-हू उस आकार के उपकरण तैयार हो जाते हैं। इसमें त्रिभुज आकार के सेट-स्क्वायर के एक ओर इंच तथा दूसरी ओर सेंटीमीटर का पैमाना स्याही द्वारा अंकित कर लिया जाता है। इसी प्रकार स्केल, यानी पैमाने पर भी एक ओर इंच तथा दूसरी ओर सेंटीमीटर के चिन्ह अंकित रहते हैं।

चांदा यानी 'डी' पर अर्धगोलाकार में 0 से 180 डिग्री

तक के कोण के लिए चिन्ह लगे रहते हैं। इसी की सहायता से ज्यामिति में कोण वाले डायग्राम बनाए जाते हैं।

तुम्हारे ज्यामिति बाक्स में पेंसिल से लिखी या बनाई हुई आकृति को मिटाने के लिए रबर जरूर होगा।

रबर पेड़ से मिलती है, पर यह न समझ लेना कि जिस रबर से तुम मिटाते हो वह उसी रूप में फल की तरह पेड़ पर लटकती रहती है। पेड़ हिलाय। और रबर तोड़ ली।।

असल में जिस तरह गाय-भैंस दूध देती हैं, उसी तरह रबर के पेड़ से 'थीलैटेक्स' नामक एक पदार्थ निकालते हैं।

रबर के इन पेड़ों का मूल स्थान ब्राज़ील है। वहीं से ये पौधे विश्व के सभी स्थानों तक पहुंचते हैं। जब कोलम्बस ने अमरीका का पता लगाया था, तो वहां के लोग रबर की गेंद से खेला करते थे।

पेड़ से निकले लैटेक्स में पानी की मात्रा काफी रहती है। इसमें गंदगी भी रहती है। इसलिए इसकी सफाई करना जरूरी होता है। इसके लिए लैटेक्स में कुछ बाहरी रासायनिक पदार्थ भी मिलाये जाते हैं। इन्हें बड़े-बड़े नांद में एक स्थिर तापक्रम पर गर्म कर लिया जाता है।

फैक्ट्रियों में तैयार रबर की लम्बी-लम्बी पर्तों को खूबसूरत सांचों में ढालकर या फिर काटकर, खूबसूरत रबर में बदल लिया जाता है। कुछ लोग रबर में सुगंधित पदार्थ भी मिला देते हैं। आपने अपने रबर पर नाम के पहले अक्षर

और तरह-तरह के सुन्दर रंगीन चित्र भी बने देखे होंगे। कुछ विशेष रीति से तैयार रबर, स्याही तथा टाइप-राइटर की छाप भी मिटाने के काम आती है।

रबर को साफ रखना बहुत जरूरी है, नहीं तो वह आपका कागज़ ही काला कर देगी। रबर को हमेशा एक कागज़ में लपेट कर ज्यामिति बाक्स में रखना चाहिए।

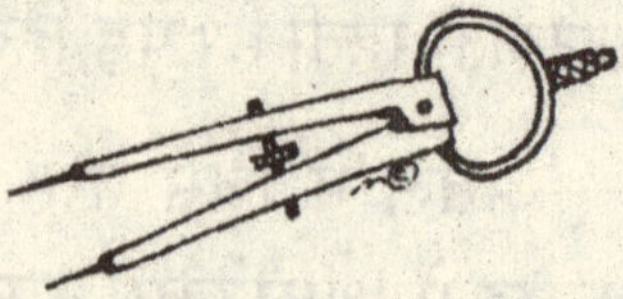

●●●

प्रश्नोत्तरी

(1) हमारे देश में पेंसिल बनाने के लिए कौन से वृक्ष की लकड़ी सबसे अच्छी मानी जाती है?

(अ) आम (ब) कैल

(स) देवदार (द) चंदन

(2) पेंसिल बनाने के लिए लकड़ी के साथ-साथ और किसकी आवश्यकता पड़ती है?

(अ) ग्रेफ़ाइट (ब) लोह

(स) टंगस्टन (द) जस्ता

(3) सबसे पहले पाठशाला में लिखने की शुरुआत किससे होती है?

(अ) कॉपी (ब) स्लेट

(स) कमप्यूटर (द) ब्लैक बोर्ड

(4) पेन क्या काम आता है ?

(अ) रंग भरने के लिए (ब) चित्र देखने के लिए

(स) पुस्तक पढ़ने के लिए (द) लिखने के लिए

(5) केसरिया रंग किसके फूलों से तैयार होता है ?

(अ) टेसू (ब) गुलाब

(स) कमल (द) गेंदा

(6) कपड़ों में इस्तेमाल होने वाले नील को किससे तैयार किया जाता है।

(अ) जामुन के पौधे से (ब) नील के पौधे से

(स) देवदार के पौधे से (द) टेसू के पौधे से

(7) 1748 में स्याही किसने बनाई ?

(अ) सर विलियम लेविस (व) जेम्स वॉट

(स) जॉन स्टीफन (द) राइट ब्रदर्स

(8) रेखाओं को गोल, चोकोर, त्रिकोण व सीधी बनाने के लिए किन उपकरणों की आवश्यकता होती है ?

(अ) स्केल (ब) डिवाइडर

(स) ज्योमेट्री बॉक्स में रखे उपकरण (द) परकार

उत्तर

1. (स), 2. (अ), 3. (ब), 4. (द), 5. (अ), 6. (ब), 7. (अ), 8. (स)